Docteur J. GARAT

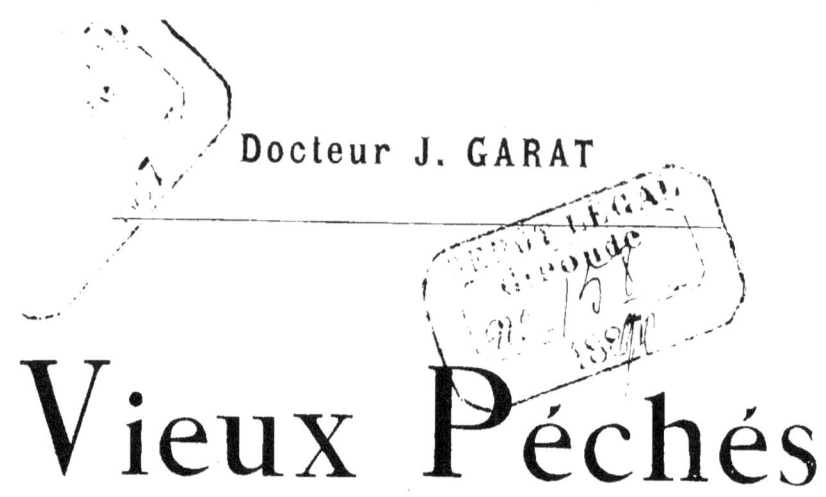

Vieux Péchés

AVEC UNE PRÉFACE

D'ANATOLE FRANCE

BORDEAUX

FERET ET FILS | G. GOUNOUILHOU
ÉDITEURS | IMPR.-ÉDITEUR
15, cours de l'Intendance, 15 | 8, rue de Cheverus, 8

1890

Vieux Péchés

Docteur J. GARAT

Vieux Péchés

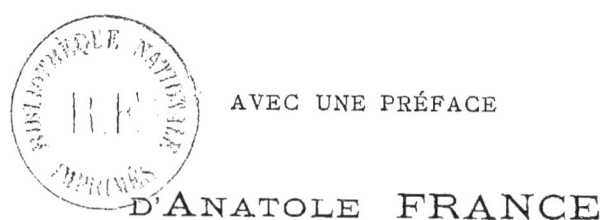

AVEC UNE PRÉFACE

D'ANATOLE FRANCE

BORDEAUX

FERET ET FILS	G. GOUNOUILHOU
ÉDITEURS	IMPR.-ÉDITEUR
15, cours de l'Intendance, 15	8, rue de Cheverus, 8

1890

PRÉFACE

CHER MONSIEUR,

Vous souvient-il de nos promenades du soir, sur les coteaux couverts de vignes renaissantes, quand, levant les yeux vers votre beau ciel d'Aquitaine, vous appeliez par leur nom les étoiles, à mesure qu'elles paraissaient dans l'azur? Vous nous répétiez tout ce que savent de ces illustres étrangères les savants et les bergers, et il vous arrivait parfois de nous dire quelque jolie fable, quelque conte ingénieux dont on devinait que vous étiez l'auteur.

Et nous vous disions : « Docteur, récitez-nous
encore une fable, encore un conte! » Vous le
faisiez volontiers pour nous être agréable et
aussi parce que vous êtes poète, et que les
poètes disent naturellement leurs vers.

Le lendemain matin, on vous rencontrait
dans les prés humides, cueillant des fleurs
dont vous nous contiez bien joliment la vie
et les amours. Vous aviez encore dans votre
souvenir quelque mignon poème sur ce sujet,
et vos vers trahissaient un si tendre amant de
tout ce qui est beau, qu'on pensait bien, en
les écoutant, que vous aviez respiré toutes les
fleurs de la nature, même les ardentes fleurs
qu'il est à la fois si doux et si cruel d'aimer :
Ἥδιστον ταὐτὸν ἀλγεινόν θ' ἅμα. C'est notre vieil
Euripide qui le dit, cher docteur! La plus
charmante et la meilleure des hôtesses vous
taquinait un peu là-dessus; sous son aiguillon
délicat, votre esprit s'animait, et vous nous

disiez, avec un mélange exquis de douceur et de vivacité, les plus jolies choses du monde.

Puis, vous ajoutiez avec un sourire : « Je suis un grand-père! » Et, pour nous le prouver, vous nous disiez quelque fable dédiée à vos petits-enfants. La fable était excellente; vos petits-enfants sont très beaux. Heureux poète, heureux grand-père!

J'aime beaucoup vos vers, cher Docteur; je les aime parce que vous les donnez comme un arbre donne ses fruits, et qu'il est visible qu'ils ne vous ont coûté ni peine ni contrainte. Je les aime parce qu'ils parlent aisément de toutes les belles choses de la vie.

Tous ne sont pas d'un grand-père. Cela doit tenir à ce que vous ne l'avez pas toujours été. Il y a des gens qui naissent vieux. Vous, cher Docteur, vous resterez toujours jeune. C'est un don des Muses. Médecin et poète, vous me faites songer à ce Nicias à qui Théocrite écrivait :

« Ni les onctions ni les poudres ne sont un remède à l'amour; il n'en est d'autre que les Muses. Ce remède, qui allège et réjouit, est accessible aux hommes, mais il n'est pas facile de l'acquérir. Tu le connais, étant médecin et très cher aux neuf sœurs. »

Vivez, chantez, et croyez-moi votre ami.

Anatole FRANCE.

AU LECTEUR

AVERTISSEMENT EN QUATORZE LIGNES

J'aime en secret les vers ; si j'ose te le dire,
C'est qu'aujourd'hui je fais bien pis, c'est d'en écrire
Et de les publier... Ce courage est permis
A qui suit le conseil pressant de ses amis.

Il n'est point de degrés du médiocre au pire,
A dit Boileau ; pour moi, logiquement j'en tire
Cette conclusion : le passable est admis,
Et si c'est assez bien, c'est plus qu'on n'a promis.

Celui-là seulement me jettera la pierre
Qui jamais n'ébaucha dans l'ombre ou la lumière
De rhythmes amoureux les éternels clichés;

Seul, il flagellera cette douce faiblesse;
Mais, puisque devant tous, ici, je me confesse :
Sois indulgent, lecteur, pardonne aux VIEUX PÉCHÉS!

Fables

A MA PETITE-FILLE GABRIELLE

L'Orgueil de la Perle.

« Je suis la goutte de rosée,
La fille du Soleil de ses feux irisée,
Disait la Perle à l'Huître, et — souvenir amer —
   Pour m'empêcher de tomber dans la mer,
Tu me retins dans ta coquille prisonnière ;
Mais je brille aujourd'hui sur une tête altière ;
Le diamant pâlit souvent à mon côté,
J'ai ce double blason : et naissance et beauté !
— Ta noblesse, fit l'Huître, est un conte, une fable :
Tu fus, à l'origine, un pauvre grain de sable
   Glissant de la grève dans l'eau
   Et recueilli sous mon manteau.
J'ai su te recouvrir de ma nacre d'opale,
Par elle te doter d'un charme sans pareil ;

Ne crois donc plus à la légende orientale
　　Qui fait de toi la fille du Soleil.
　　La vanité des sots est le grand vice.
Garde un bon souvenir à ta mère nourrice,
A celle qui te pleure et te chérit encor.

　　La modestie est un trésor. »

A

MONSIEUR CAMILLE FLAMMARION

La Terre et Jupiter.

Sur un axe idéal, tournoyant dans l'espace,
Dans l'incommensurable immensité des cieux,
Suspendus sans liens, légers malgré leur masse,
Deux mondes échangeaient des mots injurieux :
Jupiter s'écriait : « Qu'es-tu, petite Terre,
A mon côté? Réponds; j'ai quatorze cents fois
Ton volume exigu; ma vaste orbite enserre
Un espace si grand, qu'à peine je te vois;
Dans tes nuits une lune, une seule, t'éclaire :
J'en ai quatre, la moindre est plus grosse que toi!
— Vaniteux, répliquait en ricanant la Terre,
Qu'importe ta grosseur, beau mérite, ma foi!
As-tu des habitants sur ta froide surface?
Nul, au juste, ne sait ici ce qui s'y passe;

Moi, c'est par milliards que des êtres divers
Ne connaissent que moi, dont je suis l'univers. »
Un Astronome jeune et qu'habile on répute
Sut, par bien peu de mots, terminer leur dispute :
« Chez vous deux, leur dit-il, le mérite est pareil,
Qu'êtes-vous ? sachez-le, des morceaux de soleil,
Des fragments refroidis, et le Soleil lui-même,
Un million de fois plus grand que l'un de vous,
N'est qu'un point lumineux du merveilleux système
Des mondes infinis inaperçus de nous !
C'est pourtant à ce grain de brillante poussière,
Qu'ensemble vous devez la vie et la lumière ;
Tous deux vous aviez tort et vous aviez raison !

Rien n'est petit ou grand que par comparaison. »

A MON PETIT-FILS ROGER

Le Ballon et la Locomotive.

« Moi, je suis plus léger que l'air,
   Disait à la Locomotive
Un gros Ballon gonflé de vanité naïve.
Je m'élève au-dessus de l'aigle, de l'éclair;
Planant en liberté plus haut que le nuage;
Les plus grandes cités me semblent un village,
Les fleuves un ruban, les hommes un point noir,
      Quand je daigne les voir,
Tandis qu'on t'aperçoit, métallique couleuvre,
Ramper, glisser, siffler, accomplissant ton œuvre,
En vomissant du feu sur le rail, dur chemin,
Soumise nuit et jour, esclave encor demain. »
Elle de riposter : « L'imprudent qui s'élève
Trop haut pour sa valeur, mon pauvre Ballon, crève.
Tu te dis libre, et n'es que le jouet du vent
Qui t'emporte, te perd, te lacère souvent.

Oui, je travaille, mais j'utilise ma force.
A faire mon devoir, sainement je m'efforce.
Quand il le faut, je pars, je m'arrête, je cours
Porter mes voyageurs sur leurs divers parcours.
Je vais comme le vent et contre la tempête
Qui mettrait en lambeaux ta creuse et folle tête
Que ne peut diriger nul mécanicien.
Écoute ma morale et prends-en bonne note :
Désormais obéis à ton aéronaute.

A quoi sert d'être haut, si l'on n'est propre à rien ? »

Le Banquet des Vertus.

Pour fêter leur nouveau président, le Courage,
Les Vertus, quel que fût leur sexe ou leur visage,
Toutes dans un banquet se rendirent un jour.
On y voyait la Foi croyant au pur Amour,
La Charité voilée et la douce Espérance,
L'Énergie à côté de la vieille Prudence,
L'Économie avec la Générosité,
— Leur curieux accord souvent est constaté.
La Chasteté suivait de près la Tempérance,
La bonne Humeur jasait avec la Tolérance.
La bonne Humeur, vertu? La première pour nous,
J'en profite moi-même : elle est utile à tous...
Elle disait: « C'est gai! constatez-le, nous sommes
Femmes pour la plupart; chez nous il vient peu d'hommes. »
Et les Vertus de rire en pleine intimité.
La pureté des cœurs y verse la gaîté.

La Bienfaisance près de la Reconnaissance,
Seules, du coin de l'œil, s'observaient en silence :
« Cela me surprend peu, dit la Sincérité,
Qu'elles aient l'une et l'autre un air froid, emprunté ;
En voici la raison naturelle, il me semble :
C'est la première fois qu'on les rencontre ensemble. »

AUX

CANDIDATS A LA DÉPUTATION

Le Singe et le Rasoir

Pour amuser, attirer la pratique,
Un barbier de village avait dans sa boutique
    Un singe aussi malin qu'adroit,
Qui d'agir à sa guise acquit bientôt le droit :
Il sautait, grimaçait, se frottait de pommade
    Et puis, après une gambade,
De mousse savonneuse imprégnant le pinceau,
    Barbouillait son museau.
Alors, chez les passants éclatait un fou rire;
Parmi les abonnés c'était un vrai délire.
    Chacun accourait pour le voir,
Quand le singe, un beau jour, saisit avec prestesse
Une arme dangereuse en ses mains... un rasoir!
La raison ne pouvait diriger son adresse.

Aussitôt il bondit et brandit follement,
Après l'avoir ouvert, le perfide instrument,
Et fait, de ci, de là, de nombreuses coupures
Sur le front, sur le nez des clients, les blessures
Tombent comme la grêle, et, loin d'être arrêté,
Par le sang, par les cris, l'animal excité
Cause chez le barbier une panique extrême;
Lorsque, par un désir qui lui vint tout à coup,
Et voulant essayer le tranchant sur lui-même,
   L'étourdi meurt en se coupant le cou.

   De cette histoire véridique
Quelle leçon doit-on tirer en politique?
Si vous voulez semer la ruine et le sel,
A la plèbe laissez un engin redoutable.
Le singe aux souverains de la rue est semblable,
Et le rasoir..., c'est le suffrage universel.

A MON PETIT-FILS FRANCIS

Le Chêne-Liège et le Pin.

Bien plantés, vigoureux, pleins de verte jeunesse
(Ils comptaient tout au plus quatre-vingt-dix printemps),
Un Chêne-Liège, un Pin, exhalaient leur détresse;
Sur notre triste sphère on s'est plaint de tout temps :
« Cette plaie à mon flanc, un bûcheron l'a faite,
Disait le Pin; par là sort la sève, mon sang.
— Et moi je suis pelé de la racine au faîte,
Criait le Liège, nu comme l'enfant naissant.
Des vils spéculateurs la conduite est infâme,
Et puissent-ils, punis par un juste retour,
Se sentir consumer par nos débris en flamme.
Haine à nos écorcheurs, émules du vautour! »
Un Corbeau, tout de noir habillé comme un prêtre,
Les écoutant, leur tint à peu près ce discours :
« La haine de vos cœurs doit fondre et disparaître.
L'homme à vos premiers ans apporta son secours,

Son labeur amenda votre terre amaigrie ;
Au sol qui vous nourrit payez donc un impôt,

Versez de votre sève, exposez votre peau,
     Vous les devez à la patrie ! »

A MA FILLE ISABELLE

L'Abeille et la Fourmi.

La Fourmi se plaignait et disait à l'Abeille :
    « De ton bonheur je m'émerveille.
Si pour tous le travail est la suprême loi,
Tu t'envoles bien haut, je reste à terre, moi.
De lui donner ton miel quelque pillard te somme :
Tu dardes ton épée ainsi qu'un gentilhomme,
Tandis qu'avec effort je m'y prends à cent fois,
Pour haler, ras du sol, un lourd fragment de bois.
Tu t'enivres de fleurs aux odorants calices,
    Leur doux pollen fait tes délices.
—J'en conviens, dit l'Abeille, et si, dans notre sort,
La différence est grande, à qui revient le tort ?
Que l'une parmi vous sente pousser des ailes,
Elle devient l'objet de vos haines mortelles,
On s'écrie à l'envi : S'élever ne vaut rien,
Coupons des vaniteux l'organe aérien.

3

— Abaisser les niveaux est notre politique;
Nul ne doit aspirer au ciel en République.
— Eh bien! de vos malheurs c'est là qu'est la raison;
Dans vos pattes d'ailleurs est votre guérison.
Croyez-moi, la recette est bonne et souveraine,
Il vous faut prendre un roi; nous avons une reine. »

A MON PETIT-FILS PAUL

Avocat et Braconnier.

Un avocat très jeune, et bavard à l'excès,
Avec un braconnier se trouvait à la chasse.
   Il lui contait tous ses procès,
   Leur fin, leur milieu, leur préface,
 Et dans un flux de mots se complaisait.
Son compagnon pendant ce temps-là se taisait.
— Oui, disait le hâbleur, mon éloquence chaude
Sait chercher, attaquer et démasquer la fraude!
Quand d'un buisson, tandis qu'il était à phraser,
Part un lièvre... Au hasard notre avocat le tire,
Le manque, et le muet braconnier de lui dire :

—Parler sans réfléchir, c'est tirer sans viser.

Fable en quatre Vers.

Fêlé, tordu, creusé, miné jusqu'à l'écorce,
Un vieux Saule, couvert de rameaux verdoyants,
Semblait dire au Vieillard : « Il te reste une force,
C'est la jeune vigueur de tes petits-enfants. »

A G. LEMARCHAND

L'Entrepreneur et l'Architecte.

Je n'avais jamais vu bâtir une maison
Plus choquante pour l'œil, le goût et la raison.
Sur la façade, basse, étroite, minuscule,
Un Atlas convulsé, cagneux et ridicule,
Au lieu d'un profil grec ayant un nez camus,
Supportait un balcon de deux mètres au plus,
D'aspect oriental, recouvert d'arabesques!
Du bourgeois bien souvent les œuvres sont grotesques;
Celle-là dépassait l'ordinaire niveau,
Tant les appartements étaient *bas de cerveau,*
Comme l'on dit chez nous, en français de Gascogne.
L'entrepreneur, lui seul, admirait sa besogne,
Quand pour moi, tout à coup, je vais dire comment
Cet agaçant logis prit un aspect charmant :
Sans payer le loyer, un nouveau locataire,
Un artiste élégant, prenant un peu de terre,

Sur l'épaule d'Atlas bâtit en quelques jours
Un pur chef-d'œuvre, un nid pour loger ses amours.
Qu'était cet architecte habile? Une hirondelle,
Travaillant avec feu, du pied, du bec, de l'aile.
Sa compagne, à son tour, dans ce labeur l'aidait,
Voltigeait pour happer du coton, puis... pondait;
Vint l'immobilité, le temps de la couvée,
Pour des sylphes de l'air ce fut rude corvée.
Mais que sont les ennuis si le cœur est content?
L'amour familial, c'était là l'important.
Quatre petits éclos promptement s'emplumèrent,
Puis à l'entour du nid sans effroi voltigèrent;
Leurs essais, leurs ébats, leurs rapides progrès,
Du voyage au long cours annonçaient le succès.
Atlas se transformait; sa grossière structure
Se parait des beautés que donne la nature.
Abritant les oiseaux avec un soin jaloux,
Son air lourd en prenait quelque chose de doux.
Il semblait vous sourire avec sa face ronde,
Dire : « Je porte un nid, c'est l'abrégé du monde! »
On ne regardait plus la baroque maison,
On oubliait l'orgueil, humaine déraison,
Par qui, neuf fois sur dix, les sottises sont faites :
Le laid devenait beau, grâce à l'esprit des bêtes!

La Justice des Hirondelles.

Un jour une Hirondelle en rentrant au pays,
   Après six longs mois de voyage,
Vola directement à son ancien logis
Édifié par elle et son plus bel ouvrage.
L'an dernier, près du nid, mystérieux séjour,
Vous auriez pu la voir plus de cent fois par jour
Venir, entrer, sortir, vive, alerte, gentille,
Happant l'insecte au vol pour nourrir sa famille.
Or, vous comprendrez bien son désappointement
   Quand elle vit son petit logement,
Celui de ses enfants, occupé par un autre,
   Par un Moineau. Le bon apôtre
Prié de déguerpir, mais sommé poliment,
Montra son puissant bec et dit impudemment :
    « J'y suis, j'y reste !
— Mais c'est moi qui l'ai fait, et de mon propre bec !
— Je m'en..., fit-il d'un ton gouailleur, tranchant et sec.
   La force prime et le droit et le reste. »

Furieuse, affolée et forte de ses droits,
Par ses cris, Philomèle appela ses compagnes;
A son appel, on vit des travailleurs adroits
Accourir aussitôt des villes, des campagnes.
Un vrai conseil par eux à l'instant fut tenu;
Un jugement porté. Mons' Pierrot, prévenu
Par trois sommations, ne voulut rien entendre.
Alors, dans le ruisseau l'on vit ces maçons prendre
Un peu de boue, et fort habilement boucher,
Avec ce mortier simple et facie à sécher,
L'ouverture du nid. Cette argile concrète
Fit de ce doux logis une affreuse oubliette
Où le Moineau périt sans air, sans aliment.
Tragique et juste fin!... Tandis que chez les hommes,
Dans le pays et le temps où nous sommes,
Vous voyez réussir le pillard impudent.

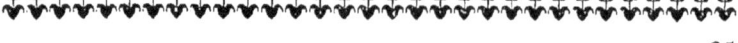

A MONSIEUR PAUL PRINCETEAU

Les Oiseaux de France.

LES oiseaux s'étant mis un jour en république,
Les butors, les vautours et force perroquets,
Parvenus au pouvoir, escortés de leur clique,
Bafouaient la vertu, flattaient les mastroquets;
Ils arrachaient la plume aux grands-ducs, aux fauvettes,
Aux colombes, pinsons, merles, bergeronnettes
Et surtout aux serins... lorsque survint un coq;
Un Gaulois, qui chassa tous ces gredins en bloc.
Dès lors, au monde ailé, reparut l'espérance;
Les rossignols chantaient: « Vive le roi de France! »

A MON PETIT-FILS JOSEPH

Le Mât de Cocagne.

Essoufflé, ruisselant, mais essayant quand même,
Après avoir vingt fois glissé, puis remonté,
Un mousse saisissait, dans un effort suprême,
Sur le mât de cocagne, un cercle convoité.
Là, tâtant chaque objet, il découvre une montre,
C'était de tous les prix le plus cher, le plus beau.

    « Mon cher enfant, cela te montre
      Que la récompense est là-haut. »

A MON VIEIL AMI P. LARRÉ

Le Caniche reconnaissant.

A trente ans, peu connu, mais déjà fort habile,
Pour devenir bientôt célèbre chirurgien,
Velpeau, comme voisin trop criard, mais facile,
Avait de bons rapports avec un humble chien.
Ce caniche avait-il autant d'intelligence
     Que bien des hommes? Je le crols;
Du moins il sut prouver, par sa reconnaissance,
Qu'il aimait, estimait le savoir et ses droits.
Ayant eu, par malheur, une patte cassée,
  Il fut soigné par le jeune docteur,
Et, guéri, désormais garda dans sa pensée
Le meilleur souvenir à son opérateur.
Velpeau travaillait seul, la nuit, quand à sa porte
En entendant frapper ou gratter fortement,
Il s'écrie agacé : « Le diable vous emporte !
Pourquoi venir si tard? je pioche en ce moment. »

On refrappe, on gémit ; il se décide, il ouvre
    A l'indiscret, et, stupéfait, découvre
Son ami le caniche amenant un client,
Un blessé, l'épagneul d'un grand négociant.

Médecins, guérissez, s'il se peut, des malades,
    Avocats, plaidez des procès,
C'est par l'appui des bons et des vrais camarades,
    Que vous aurez vos plus rares succès.

A MON GENDRE PAUL DUCOS

Le Naturaliste démocrate.

Armé de son filet d'une gaze légère,
    Un naturaliste au cœur sec,
Saisissait, près des fleurs, plus d'un lépidoptère
    (Des papillons c'est le nom grec),
    Et puis les piquait sans vergogne,
Tremblants et palpitants, aux bords de son chapeau,
Et, rentrant au logis, terminait sa besogne
En les fixant tout vifs dans leur cadre, un tombeau!
Or, si la passion de la chasse nous trouble,
D'un collectionneur rien ne doit étonner:
Un botaniste appelle un monstre une fleur double;
A maint savant dès lors quel nom peut-on donner?
Le nôtre était cruel, sans le savoir peut-être,
    Et je dois même, en équité,
    Dire bien haut et reconnaître
    Qu'il rendait à la liberté

Tous les papillons laids, communs, ayant des tares,
Ceux qu'en tous nos jardins on prendrait sans effort;
Mais clouait les jolis, les gracieux, les rares,
Les dorés : les plus beaux étaient sûrs de leur sort.
Et, rêveur, je disais : C'est de la politique.
Mon chasseur deviendra ministre en république.
Pour être sa victime, il faut de la valeur;
La naissance, pour lui, c'est le droit au malheur!

La Truffe et le Champagne.

Le pétillant Champagne et la Truffe odorante
   Sont trop connus, pour que l'on vante
  L'esprit de l'un, de l'autre la bonté ;
   Leur mérite est incontesté.
Ils végétaient jadis : l'une au pied d'un vieux chêne,
Blottie obscurément ; l'autre au fond d'un caveau
   Où le jour, pénétrant à peine,
Aurait dû tempérer son bouillonnant cerveau.
Ils maudissaient tous deux leur calme, leur retraite,
Quand on les invita pour briller à la fête
   D'un riche et puissant financier.
Aux manieurs d'argent pourquoi donc se fier ?
   Admis et servis à sa table,
Ils trouvaient le dîner merveilleux, délectable,
Les lumières, les fleurs, tout ce luxe charmant.
Chez leur hôte, surtout, quel tact, quel agrément !

La Truffe se disait: « Je suis noire, mais belle. »
« Une vive liqueur sous mon cristal ruisselle,
S'écriait le Champagne, et nous plairons partout
Où se rencontreront des gens ayant du goût. »
De Brillat-Savarin, le banquier bon apôtre,
Approuvant leurs discours, croqua l'une et but l'autre :

Les meilleurs ici-bas souvent sont maltraités.
Aux regards des méchants cachons nos qualités.

La Baleine et l'Éléphant.

Ils se battront, le choc de leur masse imposante
Agitera les mers et le vieux continent,
    Nous verrons la lutte émouvante
De la baleine et du gigantesque éléphant.
Elle arrive à grands pas, l'impitoyable guerre
    De l'orgueil et des intérêts,
Du léopard, de l'aigle à la quadruple serre.
Pour ce duel prévu les deux monstres sont prêts.
    Mais la baleine est très prudente
Et se repaît surtout de faibles ennemis,
Dont elle ose braver la colère impuissante,
    Pensant qu'aux forts tout est permis.
Aussi je crois pouvoir, sans être un grand prophète,
Prédire qu'elle trouve au franc jeu peu d'appas,
    Et, qu'après réflexion faite,
Ayant beuglé tous deux, ils ne se battront pas.

Contes

A M. GEORGES GRATEROLE

Les Amours de Newton.

NEWTON, ce grand génie, orgueil de l'Angleterre,
Mourut vierge, on le sait, à quatre-vingt-cinq ans;
Il n'aima que l'algèbre et les pipes en terre.
Ce fait est-il connu des fumeurs de mon temps?
Jeune, il était bien fait, d'une beauté sévère —
Trop distrait, j'en conviens, — parfait de caractère;
Voilà plus qu'il n'en faut pour être aimé d'amour.
Il avait vingt-deux ans... C'était par un beau jour
De ce doux mois de mai, dont l'ardeur printanière
Fait tomber des trésors sur la nature entière,
Revêt les prés, les bois, des plus riches couleurs,
Quand l'oiseau voit son nid dans les branches en fleurs.
Assis sur le penchant d'une verte colline,
Newton réfléchissait; près de lui, sa cousine,

5

Suave et blonde miss d'une rare beauté,
Admirait son front pur empreint de majesté,
Et tous deux se taisaient. Pourtant la fille d'Ève
Se sentait bien émue et forgeait ce doux rêve :
« Quel bonheur! S'il m'aimait dès ce jour... ou demain,
Pour dix ans, pour toujours! » Quand il saisit la main
De l'Anglaise immobile et toute à sa tendresse;
Distrait, sans regarder, de disjoindre il s'empresse
De ses quatre voisins le joli petit doigt,
L'attire doucement à lui... Miss entrevoit
De l'amour partagé l'admirable poème :
« Il n'ose me parler, se disait-elle, il m'aime!
Je sens frémir mon cœur, le sien doit battre aussi;
Il va baiser ma main, Dieu soit loué, merci! »
Mais son illusion promptement se dissipe :
Avec ce doigt si fin, il débourrait sa pipe.

L'Amour du Pays.

Avez-vous observé la grande répugnance
Qu'ont les campagnards nés dans de lointains hameaux
A dire exactement le lieu de leur naissance?
« Mon père, disent-ils, habitait près Bordeaux,
Tous mes parents étaient venus de la montagne. »
Ils nomment la province, une grande cité
Dans le Gers, en Auvergne, en Saintonge, en Bretagne,
Omettant le vrai nom de leur localité.
Et vous savez comment se fait une clinique?
Le docteur interroge, et l'élève moqueur
Rit des moindres impairs du maître qu'il critique,
C'est Zola qui l'a dit : « Carabin, pas de cœur! »
Atteinte à l'hôpital de fièvre intermittente,
Une Pyrénéenne, à l'air plein de candeur,

Trouvait du médecin la question troublante
Et détournait ses yeux, baissés par la pudeur :
— *Quel est votre pays?* — Oh! le dire me gêne,
Devant tous ces messieurs je n'ose le nommer.
— Quel est votre pays? — Mais... il se nomme... *Eugène.*

Morale : Il faut servir son pays et l'aimer.

A MONSIEUR MORANGE

La Consommation des Vins.

Propriétaire d'un vignoble
Dont le vin est *Kasher* (je n'en ai jamais bu),
Lévy, qui porte un nom israélite noble,
S'affirme descendant de l'antique tribu.
En finances, dit-on, c'est un fort habile homme,
      Mais le plus fin se trompe quelquefois
Et s'expose en prêtant sans prudence une somme,
S'il dépasse le taux que permettent nos lois.
      Bref, compromis dans une affaire
Dans laquelle il gagnait cinq fois plus que son dû,
      Le circoncis fut défendu
Par un vieil avocat bien plus retors qu'austère,
      Et gagna son procès.
      Le juif, ému de ce brillant succès,
D'avance ayant payé le tiers des honoraires,
Promit au défenseur un *grand fût* de son vin.

L'avocat l'attendait en vain
Et voyait s'écouler des semaines entières,
Quand il trouva Lévy, qui lui dit gentîment :
    « D'exactitude je me pique,
Vous vous en souvenez, cette *demi-barrique*...
    Je l'enverrai prochainement. »
Un mois se passe, et rien, puis nouvelle rencontre
Du client qui, distrait, tire à l'instant sa montre :
« J'ai promis, je le sais, une *caisse* de vin
                Superfin.
Je ne saurais manquer à la reconnaissance ;
    Le temps me presse... à vous je pense. —
    Envoyez-la de suite ; je l'attends,
Dit l'avocat, chez vous le vin *consomme tant*. »

Schopenhauer prétend qu'en pareille matière,
Plus d'un chrétien agit de semblable manière.

L'Israélite trompé.

D'UN juif *billionnaire* ayant su nous saigner
   (L'or est le sang de ce vampire),
   Je vais pourtant, sans m'indigner,
   Citer le trait que l'on va lire :
Il peut tout, le baron, même être généreux,
Et le devint un jour envers un malheureux
Qui l'avait supplié de lui prêter la somme
De trente mille francs sur sa foi d'honnête homme.
Il assurait pouvoir les rendre dans deux ans.
L'obligé rapporta ce prêt, avant le temps,
Au juif stupéfié de tant d'exactitude,
Car nul contrat n'engageait l'emprunteur.
Ce dernier, se fiant à l'opulent prêteur,
Reperdit quelque argent, mais sans inquiétude
Vint trouver le baron, solliciter, je crois,
Quatre ou cinq cents louis qu'il pourrait bientôt rendre.
Le richard refusa, ne voulut rien entendre
Et s'écriait : « On ne me trompe pas deux fois! »

A MON PETIT-FILS EDWARD

Le petit Chaperon-Rouge.

J'ai souvent observé ceci chez les enfants :
Si vous leur racontez une fable, une histoire,
Ils n'en saisissent point la morale ou le sens,
Et leur conclusion étonne à n'y pas croire.
Edward nous tracassait : « Redis-moi, grand'maman,
» Le joli conte du petit Chaperon-Rouge,
» N'oublions pas le loup : crois-tu qu'il soit gourmand?
» Est-il drôle en bonnet, quand du lit il ne bouge,
» Le gentil loup... — Enfant, que dis-tu? l'enragé
» A croqué la grand'mère et la pauvre fillette!
» — Oh! oui, mais c'est gentil de n'avoir pas mangé
    » Le pot de beurre et la galette. »

A MON PETIT-FILS EDWARD

Le petit Chaperon-Rouge.

J'AI souvent observé ceci chez les enfants :
Si vous leur racontez une fable, une histoire,
Ils n'en saisissent point la morale ou le sens,
Et leur conclusion étonne à n'y pas croire.
Edward nous tracassait : « Redis-moi, grand'maman,
» Le joli conte du petit Chaperon-Rouge,
» N'oublions pas le loup : crois-tu qu'il soit gourmand?
» Est-il drôle en bonnet, quand du lit il ne bouge,
» Le gentil loup... — Enfant, que dis-tu? l'enragé
» A croqué la grand'mère et la pauvre fillette!
» — Oh! oui, mais c'est gentil de n'avoir pas mangé
    » Le pot de beurre et la galette. »

Un Serin.

Je n'avais pas trente ans; quoique célibataire,
L'hymen me paraissait le vrai bien sur la terre,
Quand d'un bon vieux curé, chaste, pur et serein,
J'héritai d'un chanteur remarquable, un serin
Qui vivait seul, depuis trois ou quatre ans en cage;
De l'ermite emplumé je plaignais le courage,
Et je songeai de suite (étais-je assez naïf?)
A faire le bonheur de mon ténor captif.
J'achetai sans tarder une jeune serine
Du jaune le plus pur, vive, alerte, mutine,
Et lui fis partager la prison du chanteur
Que l'amour changerait en logis enchanteur.

Mais combien sont puissants l'exemple, l'habitude!
Notre serin dévot aimait sa solitude.
Loin de se réjouir, l'élève du curé,
Au milieu du perchoir resta seul, effaré,

Un Serin.

Je n'avais pas trente ans; quoique célibataire,
L'hymen me paraissait le vrai bien sur la terre,
Quand d'un bon vieux curé, chaste, pur et serein,
J'héritai d'un chanteur remarquable, un serin
Qui vivait seul, depuis trois ou quatre ans en cage;
De l'ermite emplumé je plaignais le courage,
Et je songeai de suite (étais-je assez naïf?)
A faire le bonheur de mon ténor captif.
J'achetai sans tarder une jeune serine
Du jaune le plus pur, vive, alerte, mutine,
Et lui fis partager la prison du chanteur
Que l'amour changerait en logis enchanteur.

Mais combien sont puissants l'exemple, l'habitude!
Notre serin dévot aimait sa solitude.
Loin de se réjouir, l'élève du curé,
Au milieu du perchoir resta seul, effaré,

Un Serin.

Je n'avais pas trente ans; quoique célibataire,
L'hymen me paraissait le vrai bien sur la terre,
Quand d'un bon vieux curé, chaste, pur et serein,
J'héritai d'un chanteur remarquable, un serin
Qui vivait seul, depuis trois ou quatre ans en cage;
De l'ermite emplumé je plaignais le courage,
Et je songeai de suite (étais-je assez naïf?)
A faire le bonheur de mon ténor captif.
J'achetai sans tarder une jeune serine
Du jaune le plus pur, vive, alerte, mutine,
Et lui fis partager la prison du chanteur
Que l'amour changerait en logis enchanteur.

Mais combien sont puissants l'exemple, l'habitude!
Notre serin dévot aimait sa solitude.
Loin de se réjouir, l'élève du curé,
Au milieu du perchoir resta seul, effaré,

Fermant à tour de rôle ou l'œil droit ou l'œil gauche,
Pour éviter la vue agaçante et l'approche
D'une beauté volage; il maudissait le sort,
Ne chantait plus. Trois jours après, il était mort!

D'un mal, le célibat, il tomba dans un pire;
Fallait-il en pleurer ou fallait-il en rire?
Je ne sais, son malheur fut bien vite oublié
Puisqu'au bout de dix jours... je m'étais marié.

Le Derviche et le Choléra.

(CONTE ORIENTAL)

Uɴ derviche un peu médecin
Et, qui mieux est, un saint,
Fanatique, il est vrai, c'est là mon seul reproche,
A Smyrne se rendait.
Des faubourgs de la ville il était déjà proche,
Quand à l'aspect féroce et sombre il reconnaît
Un voyageur terrible, aux yeux creux, au teint blême,
C'était le Choléra lui-même.
Il accoste le monstre. « Où portes-tu tes pas?
Lui dit-il, ô cruel pourvoyeur du Trépas?
— Je vais, tu le vois bien, à Smyrne où l'Épouvante,
Ma sœur, viendra demain en fidèle suivante. »
Plus d'un libre-penseur eût rebroussé chemin,
Mais le derviche était aussi croyant qu'humain.
Il s'épuise en efforts pour arrêter la course
Du fléau, car c'était une faible ressource

6

Que son cœur, et pourtant il obtint un succès :
Le Choléra, surpris par ce rare courage,
Envers notre héros sur parole s'engage
A n'exiger pas plus de *deux mille décès*
Et trois mois de séjour dans la ville conquise.
Or, comme il la quittait, juste à l'heure promise,
Il rencontre à nouveau le derviche indigné
Qui lui crie : « Ah! tu n'es qu'un traître sans parole,
Ton serment ne vaut pas une piastre, une obole :
Cinq mille morts! ce chiffre au contrôle est signé!
— Tu m'insultes à tort, du Mal répond l'apôtre,
Les décès en surplus sont tous le fait d'un autre ;
Ne t'avais-je pas dit que j'avais une sœur
Plus redoutable encor que je ne suis?... la Peur! »

AU DOCTEUR NEUBOUT

Échecs et Échec.

Les Grecs ont prétendu qu'un des leurs, Palamède,
Fut, du célèbre jeu des échecs, l'inventeur.
Cette erreur dans un temps eut cours, je le concède,
Mais je dois l'effacer de l'esprit du lecteur.
Nul ne peut ignorer la légende indienne :
Un brahmane, Sissa, trouva ce noble jeu.
Sirrham, un potentat de l'Inde, en eut l'étrenne,
Y prit tant d'agrément, cela m'étonne peu,
Qu'il dit à l'inventeur : « Fixe ta récompense ;
De ton rare talent je suis vraiment ravi,
Demande-moi beaucoup, je promets tout d'avance
A qui, dans mes plaisirs, en nabab m'a servi.
— Roi des rois, du pouvoir toi le centre, la base,
Lui répondit Sissa, puis-je te demander
D'abord un grain de blé pour la première case
De l'échiquier? En plus, veux-tu m'en accorder

Pour la seconde deux, quatre pour la troisième,
Continuer toujours et de même, en doublant
Les grains jusques à la soixante-quatrième,
La dernière? Et j'ai peur d'être trop opulent.
— Fort bien, c'est accordé, lui répliqua le prince,
Tu n'as pas, je le vois, des instincts d'usurier.
La requête, entre nous, me paraît un peu mince;
Le blé sera fourni par notre trésorier,
Qui, sur mon ordre exprès, va te solder ton compte. »
De chiffres trop nombreux le comptable accablé
Prouva par le calcul, ceci n'est plus un conte,
Que la terre n'aurait pas même assez de blé.
Les champs de cet empire étaient vastes, fertiles,
Mais il aurait fallu que Sirrham possédât
Seize mille trois cent quatre-vingt-quatre villes,
Que douze cents greniers chacune renfermât,
Chaque grenier ayant deux cent mille mesures,
Chacune contenant trente mille deux grains.
A l'orgueil ignorant les vérités sont dures :
Sirrham se fâcha-t-il? Je l'ignore et le crains,
Car il ne put tenir sa royale parole.
L'inventeur des échecs ne reçut aucun bien,
Pas même un sac de blé, pas la plus faible obole.

Demandez l'impossible et vous n'obtiendrez rien.

A MON AMI LE DOCTEUR PITRES

L'Honoraire tardif.

La scène se passait chez un jeune docteur,
    Reçu depuis dix mois à peine.
   Les bons clients venaient avec lenteur
    Et les mauvais à la douzaine.
Ce jour-là, toutefois, une jeune beauté,
    Dont la pâleur trahissait la souffrance,
   Vint lui soumettre avec sincérité
Son cas embarrassant et soupçonné d'avance :
— Acceptez deux cents francs, Paul les remboursera
Si vous m'aidez, dit-elle, à faire disparaître,
    Et personne ne le saura,
Ce qui grossit ma taille en s'obstinant à naître.
Le docteur écoutait d'un air fort anxieux
Cet aveu murmuré sans trop baisser les yeux,
Comme si la demande eût été naturelle.
— Encor plus que la loi la morale est formelle,

Et condamne, dit-il, l'indigne médecin
Qui détruirait ce que renferme votre sein;
Votre intérêt, d'ailleurs, prescrit de n'en rien faire;
Écoutez votre cœur, le juge sans pareil,
Ayez assez d'esprit pour suivre son conseil,
Il vous criera bien fort : « Tu le dois, reste mère! »
L'avis fut entendu, suivi; mais le docteur,
Pour le bon plaidoyer dont il était l'auteur,
De Paul le financier perdit la clientèle.

           Et notre belle,
Mère d'une fillette aux cheveux blonds soyeux,
Évita le donneur d'avis officieux,
Et tout lui réussit : la faute pardonnée,
Une dot à la fille à seize ans fut donnée.
Cette enfant, que le sort dès lors favorisa,
Conquit un étranger riche, qu'elle épousa.
Tous quittèrent Bordeaux.

                L'ingrate disparue,
Par le docteur vieilli n'avait plus été vue,
Quant il avise un jour, mignonnes à ravir,
Deux filles de huit ans et de dix ans à peine,
Dont l'aspect réveilla le lointain souvenir
De celle qui, jadis, lui confia sa peine.
A côté des enfants, deux dames souriaient
Et sur eux leurs regards tendrement s'attachaient;
Il reconnut de suite avec la jeune mère

L'aïeule, malgré tout ce que le temps altère.
L'ensemble dessinait un gracieux tableau;
Les fillettes surtout, pour lui rien de plus beau :
Leurs blonds cheveux épars, descendant à la taille,
Flottaient en boucles d'or sur la robe de faille;
Il admirait leurs yeux, noirs, riants et coquins,
Tout, jusques aux talons trop hauts des brodequins,
Et disait, dédaigneux d'un sentiment vulgaire :
« Je touche en ce moment le plus bel honoraire.
Du devoir accompli je retrouve un effet :

On ne laisse après soi que le bien qu'on a fait. »

A MADEMOISELLE M. LEGENDRE

Une Fillette et la Pomme.

Elle a quatre ans, Marie; intelligente et bonne,
Elle sait cinq ou six fables de Ratisbonne,
Mais chez elle parfois l'on constate un défaut :
D'en apprendre à son âge un peu plus qu'il n'en faut
Et de rester à court par manque de mémoire.
Elle savait pourtant ce détail d'une histoire
Du cordonnier Simon, ce geôlier bestial,
Victimant lâchement un fils de sang royal;
Elle savait par cœur le cadeau d'une pomme,
Offerte au médecin par l'enfant gentilhomme,
Ce sentiment naïf de générosité
Que notre auteur en vers touchants a raconté.
« Voyons, récite-la, fait la mère à Marie,
La pomme, tu la sais, et c'est moi qui t'en prie;
Cette histoire, jeudi, tu l'as dite en entier.
— *La pomme ?* Mais, maman, je n'en sais qu'un quartier. »

Faiblesse d'Artiste.

CELLE qu'il adorait était belle et jolie.
Ignorant du corset, son torse merveilleux
Rappelait trop Rubens; mais la mélancolie
Estompait finement le front pur et les yeux;
La bouche, un vrai chef-d'œuvre, était franche, vermeille,
Sensuelle, mi-close, au sourire enchanteur,
D'une fraîcheur d'enfant : c'est bien là qu'une abeille
Eût cherché du pollen, croyant voir une fleur.
De ce palais divin sortait une voix pure,
Vibrante, harmonieuse et d'un timbre émouvant;
Un sang vif animait cette riche nature,
Ce marbre de Paros, Praxitèle vivant;
Pour la peindre en détail il faudrait un volume,
Et je dois épargner les nerfs de mon lecteur.
La voici d'un seul mot ou d'un seul trait de plume :
Elle était belle en tout! L'amour n'est pas menteur,
Mais il est irritable et chercheur de querelle.

Or, écoutez l'histoire : Il advint certain jour
Qu'à l'hôtel, par hasard, où se trouvait sa belle,
L'artiste, tout heureux, descendit à son tour;
Triste monde où tout s'use, ou disparaît, ou lasse...
Mais n'anticipons pas; — la dame déjeunait
Et, de ses blanches dents, croquait une bécasse;
Le sang noir et visqueux du gibier suintait...
« Pouah! dit notre amoureux, elle est vraiment trop mûre;
La bécasse si faite est infecte pour moi.
Pourquoi donc approcher votre lèvre si pure
De ce mets avancé, cause de mon émoi?
— C'est excellent, dit-elle, et vous pouvez m'en croire.
S'il vous déplaît, d'ailleurs, je n'y veux plus toucher.
— Continuez, fit-il, oh! votre lèvre est noire,
Je vois un suc boueux à vos dents s'attacher...
— Embrassez-moi bien vite, et sur la bouche encore.
— Pas maintenant, demain. — Mais quand je dis : «Je veux!»
J'entends qu'on soit soumis, à genoux qu'on m'adore!
— Ma chère, pourquoi donc teignez-vous vos cheveux?
Cela vous donne un air moins distingué. — N'importe,
Ces teintes d'or font bien. — Oui, vous font mal juger.
— Cela me plaît, après? — Mais le diable m'emporte,
On ne peut dire un mot sans vous voir enrager;
Chacun d'ailleurs connaît votre affreux caractère,
Ce détestable abus d'une rare beauté!
Tenez, dès aujourd'hui je vais être sincère,

Seul, de ma folle ardeur, le mépris est resté.
Adieu! je pars, adieu! — Quoi! pour une bécasse?
— Oui. — Songez-y, mon cher, je vous trouve ennuyeux :
Votre éternel sermon m'importune, m'agace.
Fuyez, triste grognon, loin, bien loin de mes yeux. »

Quatre jours écoulés, ils étaient face à face,
Plus aimants que jamais, et, dans un restaurant,
Criaient tous deux : « Garçon! apportez la bécasse!... »

De dignité, l'amour des sens est ignorant!

Contes

Scientifiques

A MONSIEUR ANATOLE FRANCE

L'Arauja albens.

C'EST du Brésil, je crois, que nous vient cette plante
Singulière, poussant ici dans nos jardins ;
Son parfum est plus fort que celui des jasmins ;
La fleur est d'un blanc mat, la tige en est grimpante,
Les feuilles vert foncé ; son nom est l'*Arauja*.
Qu'il vous faut prononcer comme en Espagne : ja.
De légers papillons des légions entières,
Séduites par l'attrait d'une suave odeur,
Se fiant à l'air doux des plantes meurtrières,
Hument sans hésiter le suc de cette fleur,
S'en grisent follement. Tout à coup, la traîtresse
Se crispe, elle saisit leur trompe, qu'elle presse
Entre une anthère dure et son rude pistil,
Et les retient vivants par leur vivace fil ;

Un sur deux à peu près se dégage avec peine ;
Pour l'autre enfant de l'air, atroce est cette chaîne !
Plus d'un bel inconstant, épris de volupté,
Meurt deux fois, puisqu'il perd d'abord la liberté :
On le voit agiter ses ailes tremblotantes
D'où tombent, par le choc, des poussières brillantes ;
Il souffre, et l'étrangère, ainsi vengeant ses sœurs,
Se montre sans pitié pour ce don Juan des fleurs.

J'en cueillis une, un jour, à qui j'avais vu prendre
Un gentil papillon, gracieux, d'un bleu tendre.
Je mis dans un cornet et victime et bourreau,
Pour montrer aux enfants ce fait pour eux nouveau.
A Saint-Georges, alors, se trouvait ma famille,
Cinq petits-fils gaillards, une petite-fille...
Est-ce l'air de la mer ou tout autre motif ?
J'oubliai dans mon sac l'intéressant captif.
Au retour, en Gironde, en face de Mortagne,
Je songeai tout à coup à cet horrible bagne
Dans lequel était mort, abreuvé de douleurs,
Sans air, sans aliments, l'amant trompé des fleurs...
O surprise ! il vivait, battait encor de l'aile,
Faiblement il est vrai, toujours saisi par celle
Qui l'avait enivré ; j'eus alors le désir
De le rendre à l'air libre, à la vie, au plaisir.
Je dégageai l'insecte avec certaine adresse,

Mais je dus constater sa langueur, sa faiblesse ;
De la terre, jamais il n'atteindrait le bord.
De fuir, pour se noyer, empêchons-le d'abord ;
Renfermons l'impotent dans sa noire bastille ;
A Bordeaux, nous pourrons le mettre en liberté
S'il ne meurt en chemin... Quand une jeune fille
Attira mes regards par son air de bonté.
« Ne riez pas, lui dis-je alors, sans la connaître ;
Aidez-nous à sauver un séducteur, peut-être. »
(L'inconnue, à la main ayant un petit sac,
Allait sous peu d'instants s'arrêter à Pauillac.)
« A peine débarquée, en touchant au rivage,
Entr'ouvrez ce papier, la prison d'un volage,
D'un jeune papillon qui fut trop confiant...
— Je le ferai, monsieur, dit-elle en souriant. »

L'a-t-elle délivré ? Je l'espère et puis croire ;
Une femme n'est pas sans curiosité,
Ou bien, sans rien ouvrir a-t-elle tout jeté ?
Qui de vous me dira la fin de cette histoire ?

A MON AMI P. DUVERGIER

La Chrysalide.

I

J'AVAIS nourri pendant deux mois une chenille,
Cueillant tous les matins les feuilles qu'elle aimait.
Je la vis un beau jour jeter une guenille :
    C'était la peau qui l'enfermait.
Elle sortit de là grandie après sa mue,
Déroulant ses anneaux couverts de longs poils noirs.
Elle m'intéressa d'autant plus, que sa vue
    Berçait mes curieux espoirs.
Je disais à Roger, un jeune enfant que j'aime :
« Tu la verras, mieux que Riquet et Cendrillon,
Echanger sa laideur contre la beauté même,
De chenille en un mot devenir papillon. »
Nous pûmes l'observer, tissant son enveloppe
Nuit et jour, autrement que jadis Pénélope,
Habiter un suaire et, pendant trente jours,
Rester comme une morte, immobile toujours.

Nous attendions avec impatience
Ce phénomène merveilleux :
Le moment de la délivrance,
Où, déchirant sa coque, ailé, vif, gracieux,
L'insecte-fleur, brisant son oubliette austère,
Irait chercher le ciel, en dédaignant la terre.
Sera-t-il blanc ou bleu, noir, jaune, velouté?
Quand pourrons-nous le voir, ivre de liberté,
Voltiger hésitant, de pollen se repaître,
Déployer ses couleurs dans l'air et... disparaître!
Mais qu'est-il advenu de tous ces beaux projets?
Combien furent déçus que notre cœur a faits!
Étourdi, j'oubliai de refermer sa boîte,
Son logis; se peut-il erreur plus maladroite?
Ce mort vivait! Brisant sa tombe, il est parti
Sans être vu de nous. Pour m'être départi,
　　Pendant un seul jour, de prudence,
Je perds, outre mes soins, ce doux bien : l'espérance!

II

Quand revint le printemps, fort de l'expérience,
Avec elle j'ai pu compléter ma science.
Le hasard m'avait fait trouver, par un beau jour,
Une chenille en tout pareille

A celle qui m'avait joué ce vilain tour,
　　Et fort heureusement plus vieille.
　　Dès lors, assez rapidement
Nous pûmes l'observer, pour notre enseignement,
Tisser pendant·tout juin la trame translucide
　　Où se blottit la chrysalide,
Utiliser les poils détachés de son corps,
Les coller à des fils aussi ténus que forts.
Dans cet intérieur s'accomplit le mystère :
L'insecte laid et mou, qui se traînait à terre,
Comme l'âme quittant son habitacle impur,
En aspirant au ciel brillera dans l'azur.
Je le surveillerai pendant une heure entière
Et rendrai mon captif à l'air, à la lumière...
Eh bien! mes chers amis, je me trompais encor,
J'ai vu sortir pourtant de cette tombe noire
Un Lazare nouveau plein de grâce et de gloire,
Mais craignant du soleil l'éclat, les rayons d'or,
Un papillon de nuit, une belle phalène,
Au rouge corselet, à la blanchâtre antenne.
Dont j'ignore le nom, je dois en convenir.
Désormais je renonce à prévoir l'avenir!

A MADAME G. DUHAR

Le Fuchsia.

Dans le quartier fangeux de White-Chapel, à Londres,
Vrai bouge d'affamés aux maigres hypocondres,
Passait un botaniste, un savant jardinier
Oublié de nos jours, célèbre alors, *Plumier*.
Dans un vieux pot de grès, au bord d'une fenêtre,
Une plante poussait; la voir sans la connaître
En pareil lieu l'étonne; il admire sa fleur
Au calice en trompette et rouge de couleur;
La corolle de bleu, de violet mélangée,
Le pistil dépassant l'étamine allongée,
L'ensemble retombant en coquet clocheton,
Évoquaient le Brésil, la Chine ou le Japon,
En dénonçaient au moins l'origine étrangère.
L'arrosant d'une eau pure, une humble ménagère
Aux beaux traits fatigués, pâle, sur le retour,
Embrassait notre fleur d'un long regard d'amour.

8

« D'où vous vient, dit Plumier, cette plante bizarre?
Je voudrais l'acheter; je ne suis point avare,
Car j'en offre une livre. — Oh! non, Monsieur, jamais
Je ne vendrai la fleur qu'il aimait. Je l'aimais!
De la Chine, mon fils pour moi l'a rapportée,
Il en prit soin huit mois sur la mer agitée.
— Deux livres, voulez-vous? — Non! — Quatre, argent comptant.
— Ni dix, ni vingt, ni trente; il la chérissait tant! »
L'acheteur réfléchit et, quoique homme d'affaire,
Comprit qu'il lutterait en vain contre une mère,
Et lui fit sans tarder la proposition
De propager la fleur, sous la condition
De n'en prendre au début qu'une seule bouture;
Tous deux s'associeraient, par l'habile culture
Feraient des rejetons, en auraient un bon prix.
En refusant, la femme eût montré peu d'esprit.
Un traité fut signé : cette plante, inconnue
En Europe, par eux bientôt fut répandue :
C'était le *Fuchsia,* dont les pieds transplantés
Produisirent plus tard mille variétés;
De concours en concours on les vit couronnées,
On les vendit fort cher pendant quelques années.
Le sort cette fois-là, juste et spirituel,
Sut donner la fortune à l'amour maternel.

A MADAME AUGUSTE DUCOS

Le Mimosa.

J'étais chez des amis et presque des parents,
Gracieux au possible, aimables, tolérants,
Hospitaliers et bons plus que je n'ose écrire,
Pourtant je me plaignais... De quoi?.. puis-je le dire?
D'un étranger venu, je crois, de l'Équateur,
Élégant, parfumé, très fier de sa hauteur.
Je ne pouvais pas même entr'ouvrir ma fenêtre
Sans le voir sous mes yeux se dresser, et paraître
Ne pas s'inquiéter de me gêner souvent :
Il donnait pour raison qu'il m'abritait du vent.
C'était..... un mimosa de superbe venue.
De la montagne, à gauche, il me cachait la vue,
Diminuant l'ampleur du tableau merveilleux
Des monts pyrénéens s'étageant sous mes yeux.
Cet exilé pourtant avait si bonne mine,
Il était si coquet, sa feuille était si fine,

Que j'eus le bon esprit de le regarder mieux,
Et voici le détail qui s'offrit à mes yeux :
Sur un dôme puissant, à la fois vert et rose
De milliers de fleurs, une guêpe se pose,
Agitée, inquiète, au corsage serré ;
Puis vient un noir bourdon au stylet acéré,
Puis une blonde abeille et cent autres encore,
Des flots de papillons... Tout cela vit, s'adore,
S'attaque, se défend et vient puiser du miel
Chez ce noble accusé, pour qui j'eus quelque fiel !
Ce matin, deux pinsons, venus de la montagne,
Sautillaient sur sa branche, amoureux en campagne,
Un couple de moineaux gais, vifs et babillants,
Surveillaient près de là le nid de leurs enfants.
Dès lors, cœur généreux, je te connus, et même
De l'hospitalité tu me parus l'emblème ;
Tu fais comme font ceux chez qui l'on t'arrosa.
Tu le vois, j'ai raison de t'aimer, mimosa !

Le Papillon réhabilité.

La lycéenne, récitant :

Le papillon est une fleur ailée ;
Rien n'est plus gracieux que son vol hésitant,
Mais sa robe de gaze et d'azur étoilée
Ne peut faire oublier son vice d'inconstant.
  De fleurs en fleurs, élégant, il voltige,
  En s'arrêtant pour donner un baiser,
  Et quand l'ingrat autour d'une autre tige
  Volète encor, c'est pour les courtiser.

Le professeur d'histoire naturelle :

Cette fable si vieille est le fruit de l'envie,
  De l'ignorance ; un manque d'équité.
Sachons du bel insecte étudier la vie,
  Et de ses mœurs prouvons la pureté.
  Sur mille fleurs le papillon se pose :
  C'est qu'il lui faut du miel à déjeuner.

Vous le voyez s'approcher d'une rose
Près de son cœur, il rêve... à son diner.
Pour les observateurs qu'est-il? Un monogame.
Ce mot tiré du grec explique notre tort :
Ce mari vertueux n'a jamais qu'une femme ;
    Dès qu'elle meurt, pour lui l'amour est mort!
D'ailleurs, la papillonne est encor plus fidèle.
La veuve, au Malabar, fit-elle jamais mieux?
Auprès de son époux, cette épouse modèle
    Périt sitôt qu'il a fermé les yeux.
    Observez bien, dans la vaste campagne
    Vous les verrez voltiger deux par deux,
    Quand l'un butine, à trois pas sa compagne
    Vient embellir ce duo d'amoureux.
Les savants japonais, aux antipodes même,
    Bien mieux que nous voyant la vérité,
Du papillon réel ont su faire un emblème :
    Et c'est celui de la fidélité.

    La lycéenne, souriant :

Votre explication est instructive et claire ;
    Du papillon imitons les amours :
    L'engagement signé devant le maire...
    Un mari doit... le respecter toujours !

Dangereuses amours.

Le mâle est plus petit d'un tiers chez l'araignée ;
Celle d'automne est grosse, à mine renfrognée,
Artiste, géomètre, elle tisse un filet,
Chef-d'œuvre reconstruit sitôt qu'on le défait ;
Sur ce piège élégant si quelque mouche tombe.
Elle y trouve à l'instant le supplice et la tombe,
Or, ce triste destin est aussi réservé,
Et je l'ai, de mes yeux, maintes fois observé,
A plus d'un mâle ardent qui près d'une femelle
(Il peut bien l'appeler : ô despote ! ô cruelle !)
Se hasarde, poussé par le feu des amours.
Souvent il est mangé, mais ne l'est pas toujours.
C'est amusant de voir avec quelle vitesse
Il fuit, après avoir démontré sa tendresse
A sa moitié terrible. Hélas ! il sait trop bien,
Qu'un amoureux transi ne valut jamais rien ;

S'il ne part assez tôt, cette horrible mégère
Le saisit, le crochète et de ses fils l'enserre,
L'emmaillotte vivant, dans un linceul soyeux,
Boit son sang... Ce festin n'est-il pas odieux?

J'en conclus : respectez la laideur résignée,
Mais évitez les rets d'une habile araignée.
Il en est qui n'ont pas six pattes, et pourtant
Vous roulent un naïf bipède en un instant.

Sonnets

A la Princesse L. Pignatelli d'Aragon.

QUAND je vous amenai mon petit-fils, princesse,
Déjà le bon Perrault l'avait intéressé;
Il avait son idée à lui sur la noblesse :
Dans un si jeune esprit que s'était-il passé?

De suite il sut bien voir votre délicatesse,
Sentant son petit cœur tendrement caressé,
Admira ce profil si purement tracé,
Qu'une médaille seule en rendrait la finesse,

Et ces cheveux où l'or semble être reflété.
Bref, il trouva chez vous le charme, la bonté,
Mille perfections, mais il en manquait une...

« Grand-père, m'a-t-il dit, dans sa naïveté,
Ses robes n'ont pourtant pas, comme on l'a conté,
La couleur du soleil, du temps ou de la lune. »

A MADAME M. C...

Fin Septembre.

C'EST le soir d'un beau jour d'automne,
Dans la campagne où tout se tait,
La voix du laboureur résonne :
« Aninn Lauret! aninn Caubet! »

Dans le champ, d'un vert monotone,
La terre noire reparaît
Sous le choc tournant que lui donne
La charrue au soc indiscret.

Là, du blé les ondes dorées,
De coquelicots diaprées,
En gerbes tomberont pour nous...

Pourtant dans l'utile culture,
Dans la belle et riche nature,
Au fond, je ne voyais que vous.

9

Struggle for Life.

Dans le dur combat de la vie,
D'un long courage il faut s'armer,
Par la sombre humeur, par l'envie
Ne pas se laisser entamer.

Pénible est la route suivie,
L'amour seul pourrait la charmer;
A ses douces lois asservie,
Sa fleur s'ouvre pour embaumer;

Et plus tard, quand elle est flétrie,
Il nous crie : « Aimez la patrie,
Le vrai, l'équitable, le beau ;

Aimez es arts, la fantaisie,
L'enfant, les cieux, la poésie!... »

Je veux aimer jusqu'au tombeau!

A Madame L. Arman Caillavet.

DE la tête aux pieds, femme au type gracieux,
Perdant pour vos chapeaux seuls un temps précieux,
Je m'étonne, et vraiment c'est à ne pas y croire,
De votre imperturbable et savante mémoire.

Qu'on parle devant vous de la terre, des cieux,
Des menus faits du jour, des grands, de nos aïeux,
Philosophie ou vers, prose, science, histoire,
De nation vaincue ou sonnant la victoire,

Vous avez tout appris, retenu sans effort
Par cette faculté précieuse et si rare,
Et cependant pour nous, là n'est pas le plus fort :

Aux autres vous donnez, contagion bizarre,
Ce don du souvenir, inouï, singulier :
Qui vous vit une fois ne peut vous oublier !

Trop tard.

Oui, vous avez raison de prendre un air vainqueur,
D'admirer les contours de ce charmant visage
Dans ce miroir, un vrai souvenir de mon cœur,
    Puisqu'il reflète votre image.

Voyez-y reproduits ce sourire moqueur,
Cette fraîcheur d'enfant, les rondeurs du corsage,
Ce qui des chérubins réjouirait le chœur :
    L'aspect réservé, doux et sage,

Vos minuscules pieds, ces cheveux blonds, soyeux,
Ce merveilleux problème insoluble, vos yeux
Qui disent à la fois : « N'espère rien... espère. »

Me voyant malgré moi dans la glace à mon tour,
Je lis ce juste arrêt: « Désormais à l'amour
Tu ne dois plus songer. Quel âge as-tu, grand-père? »

A mon Petit-Fils.

A dix ans, cher Roger, tu commences la vie,
Pour les cœurs élevés au devoir asservie;
Tu fais, en comprenant cette grande action,
    Ta première communion.

A ce banquet divin bien jeune on te convie,
Assuré que tu veux sans hésitation
Prendre de la vertu la route poursuivie
    Que trace la Religion.

Bien que les droits d'aïeul soient presque ceux d'un père,
Je devrais me soumettre à tes maîtres, me taire
    Malgré mes cheveux blancs;

Pourtant je le dirai : ta vive intelligence
Aujourd'hui comme hier touche encor à l'enfance;
    C'est trop jeune dix ans!

A Madame M.... Avril.

Je suis embarrassé, Madame, pour vous dire,
Sans paraître flatteur, tout ce qui charme en vous,
L'éclat du teint, les yeux, le profil, le sourire,
Et cette jeune ardeur qui nous rajeunit tous.

Le hasard a parfois des traits qu'il faut inscrire,
Quand la loi vous soumet au pouvoir d'un époux,
Malgré sa sécheresse elle-même conspire,
En vous donnant un nom printanier et doux.

Que ne suis-je un seul jour Musset ou Lamartine,
Mon luth aurait des sons qu'on devrait écouter;
Dans une ode, c'est vous que j'oserais chanter...

Il vaut donc mieux se taire, ou ne faire à Martine
Qu'un sonnet, *court poème,* où dans quatorze vers,
Le printemps recevra l'hommage des hivers.

A Madame Marie-Édouard Lenoir.

MADAME, dès l'abord, à la première vue,
Grande, avec de longs yeux, vous m'êtes apparue;
Et m'inclinant devant ce fait incontesté,
Je dis : « Elle séduit par sa seule beauté. »

Pourtant, cette soudaine opinion conçue
Me parut à l'user très promptement déçue,
Puisqu'à votre talent plein d'amabilité
On pouvait octroyer le droit de primauté.

Le choix est incertain : « Est-ce l'intelligence,
Ou l'attrait du visage en sa douce puissance,
Pensais-je, qui chez elle avant tout sait charmer? »

Vous me pardonnerez un petit coup de patte :
Mon erreur était double, ici je le constate,
Car chez vous c'est le cœur surtout qu'il faut aimer.

A Mademoiselle Laure P...

MALGRÉ vos dix-neuf ans de grande jeune fille,
Ce profil de médaille au contour arrêté,
Cette taille accomplie, un air de dignité,
On vous nomme toujours *l'enfant,* dans la famille.

Vous êtes une *enfant* terrible, en vérité,
Ignorante des maux causés par la beauté;
Bien que, sous vos cils bruns, la malice pétille,
Chacun de nous vous sait bonne, simple, gentille.

Et dire que, pendant deux longs mois de douleur,
On put craindre de voir se briser cette fleur
Sous un mal dont l'étreinte affreuse désespère!

Mais puisque de la Mort mon art fut le vainqueur,
Je réclame mes droits de docteur, de grand-père,
Et dis aussi: *l'enfant* que j'aime de tout cœur!

A Madame X...

Je croyais, vous aimant d'une rare tendresse,
Faire d'un vieil amour une jeune amitié;
Respectueux des lois de la délicatesse,
Pour mes désirs ardents me montrer sans pitié.

Je vous l'ai proposé, non sans quelque noblesse,
Ne voulant de mes maux vous offrir la moitié;
Mais bientôt j'ai senti, compris à ma tristesse,
Que tout s'effrondrerait sous votre inimitié.

En effet, sans raison, sans la moindre justice,
Vous avez, j'en conviens, abrégé mon supplice,
En me lançant des traits insultants et moqueurs

Où l'aigreur remontait du fond à la surface.
Moi, je disais bien bas : tout passe, lasse, casse;
Vos injures brisaient le lien de nos cœurs.

A Jehan Madelaine.

Vos trente-six sonnets, inspirés de Pétrarque,
Portent, incrustés d'or, leur poétique marque.
Oui, d'une passion célèbre en sa douleur
    Vous avez distillé la fleur.

Vous aurez fait mentir tout sévère Aristarque,
Car l'insoumission du brillant traducteur
N'aura pas, cette fois, trahi le grand auteur,
    Chacun en fera la remarque;

Nul n'aurait pu si bien nous montrer sans effort
Ce merveilleux amour ne cessant qu'à la mort,
    De Laure une âme toujours pleine;

Puisqu'aux infortunés vous savez compatir,
Pour avoir lu mes vers, n'allez pas ressentir
    Le repentir de Madelaine.

Variétés

A MONSIEUR ÉDOUARD FERET

Notes de Famille.

Monsieur, vous publiez un important volume
Qui collige, raconte en détail ou résume
De tous les Girondins, soit anciens, soit récents,
L'histoire, les travaux, les faits intéressants.

C'est un vrai Livre d'or pour nos vieilles familles,
Et j'extrais, pour ma part, de charmantes broutilles
De ce parfait labeur, où tout est rapporté
Avec indépendance, et talent, et clarté.

Là, je vois mon aïeul, exilé volontaire
Et fuyant nos excès; bientôt j'entends son frère,
Ministre de tyrans par le sang éblouis,
Lire l'arrêt de mort au pauvre roi Louis.

Tous les deux députés, élus au pays basque,
Se virent séparés par l'affreuse bourrasque
Qui brisait les étais de notre nation;
Ils s'aimaient, malgré tout, de vive affection.

Pendant qu'ami fidèle à Marie-Antoinette,
Notre Orphée imprudent publiquement s'entête
D'une reine-martyre à chanter les douleurs,
On l'emprisonne...; à tous il arrachait des pleurs!

Dans ses sommations la Terreur était brève,
Le doux passé d'hier paraissait un vieux rêve;
On avait oublié l'esprit, son vif attrait,
Celui de Rivarol, lorsqu'il lançait ce trait:

« Deux Garat sont connus, l'un écrit, l'autre chante;
Admirez, j'y consens, leur talent que l'on vante,
Mais ne préférez pas, si vous faites un vœu,
La cervelle de l'oncle au gosier du neveu. »

L'écrivain toutefois nous prouvait son mérite:
Philosophe, érudit, Sainte-Beuve le cite,
Et même a soutenu ceci pendant vingt ans:
Garat fut le premier prosateur de son temps.

La jeunesse d'alors, en la voyant meurtrie,
Volait à la frontière et sauvait la patrie ;
Là, coulait le sang pur de ses nobles enfants,
Et les vaincus d'hier revenaient triomphants.

Par eux, la République avançait indomptée.
Marchant aux premiers rangs, comme un nouveau Tyrtée
Qui n'était pas boiteux, mon père combattant,
Volontaire soldat, les charmait en chantant,

Exaltait nos guerriers ; cette voix franche et pure
Mêlait sa note douce au cri de la blessure,
Disait : « Avec le teint aussi noir qu'un charbon,
Un soldat a souvent le cœur d'une colombe,

Il soupire, il gémit à côté d'un jupon,
Il sait rire au milieu des éclats de la bombe. »
Les deux frères, doués d'une adorable voix,
Chantaient l'un dans les camps, et l'autre pour les rois.

Il est d'autres Garat que votre livre nomme,
Citons : le vieux Laurent, bon philosophe, en somme ;
Mallia le tribun, oublié comme lui,
Et plusieurs ignorés, ce sont ceux d'aujourd'hui.

Et quant à l'avenir, vous permettrez, j'espère,
De vous montrer en grand tout l'orgueil d'un grand-père;
Sept merveilles, dit-on, ornaient le monde ancien,
Près des miennes, voyez, celles-là ne sont rien :

Roger, Édouard, Francis, Paul, Joseph, Gabrielle,
Et la septième? eh bien! c'est leur mère Isabelle.
J'en ai dit un peu long, mais je m'arrête ici,
Et vous serre la main en vous disant merci!

A MONSIEUR BAUDRY-LACANTINERIE

Rêverie d'un Docteur.

Un soleil de juillet d'une chaleur mordante,
    Frappant en plein contre un volet
Fermé pour arrêter la lueur trop ardente,
    En laisse filtrer un filet.

Ce rayon lumineux dans une chambre obscure
    Est droit, tiré comme au cordeau,
Avec lui semble entrer la vivante nature
    Animant la nuit du tombeau.

Dans un demi-sommeil, entr'ouvrant la paupière,
    Observateur silencieux,
Le regard attiré par ce fil de lumière,
    Je sens qu'il arrive des cieux.

Dans son trajet brillant, des millions d'atomes
  Planent, s'agitant en tous sens :
On voit tourbillonner, minuscules fantômes,
  Ces corpuscules bondissants.

L'Astronome dirait : « Les grains de ces poussières,
  Infimes et d'aspect divers,
Se pourraient aussi bien compter que ces lumières,
  Les étoiles de l'univers. »

Rien ne se peut nombrer, tant le monde est immense,
  Ni grains de sable, ni soleils ;
Pour l'homme de savoir qui compare, qui pense,
  Les grands aux petits sont pareils.

Or, ce mince filet de tranche aérienne,
  Sait-on ce qu'il peut contenir ?
De germes oubliés une foule gardienne
  De biens ou de maux à venir !

Des fragments de duvet, des poussiers métalliques,
  Du cuivre, de l'argent, de l'or,
Du mica pailleté, des ferments protéiques,
  Des bulles d'eau, des gaz encor ;

Des poudres de charbon, des spores atomiques,
    De fins nuages aréneux,
Un semis de pollen, des miasmes toxiques,
    Des sels bénins ou vénéneux.

De morts et de vivants, l'air est le véhicule
    Par mille gnomes habité;
L'œil, ne pouvant grandir l'ovule, la cellule,
    N'en saisit pas la quantité.

Toutefois, notre esprit de chercheur s'inquiète,
    Quand dans l'ombre un sillon vainqueur
Pénètre en éclairant cette tourbe muette
    De microbes dansant en chœur.

Là comme ailleurs, il faut s'accuser d'impuissance,
    Mais ce rayon révélateur
Si petit, fait pourtant rêver à l'œuvre immense
    De Dieu, l'infini Créateur!

A MON AMI LE COMMANDANT A. MOREAU

Le Néant.

LA belle nuit! le ciel est piqueté
De millions de feux qui scintillent dans l'ombre;
   Des points brillants d'argent diamanté
Reluisent dans l'amas des étoiles sans nombre.

   Leur quantité, calcul vertigineux,
Défierait tout labeur, toute persévérance.
   Tel un semis dont les grains lumineux
Paraissent près à près, malgré la plaine immense.

   Ce groupement est une erreur des yeux,
Que doit rectifier la moderne science.
   L'Astronomie, au savoir précieux,
Nous démontre qu'entre eux énorme est la distance.

Il est prouvé qu'entre chaque soleil,
La lumière met près de quatre ans à paraître.
    Or, Sirius à l'éclat sans pareil
S'éteindrait! ses voisins n'en pourraient rien connaître.

    Si tout à coup les étoiles mouraient,
Disparaissaient avec leurs mondes, leurs planètes,
    De bien longtemps les savants ne verraient
Le moindre changement dans le champ des lunettes.

    Il est certain que ces globes ignés
Semblant se réunir, se rapprocher par masses,
    Sont tous les uns des autres éloignés,
Perdus et séparés par d'étonnants espaces.

    Égarés tous dans cette immensité,
Follement emportés dans leur course rapide,
    Ils vogueraient pendant l'éternité
Et n'atteindraient jamais, jamais rien que le vide!

    Le vide est maître en l'éther inouï,
Seul immensément grand, infini sans conteste,
    Cœli narrant gloriam vacui
Dans les déserts sans fin de l'abîme céleste.

Tout est petit devant le vide, hélas!
Les terres, les soleils, la matière féconde;
D'où je conclus : Si Dieu n'existait pas,
Le Néant serait seul le souverain du monde!

A MONSIEUR LESPIAULT

Fantaisie sur le Planisphère.

De *l'obscure clarté qui tombe des étoiles*
Je cherche vainement à déchirer les voiles ;
J'aspire à pénétrer l'immensité des cieux,
Et je me tords le cou pour les contempler mieux.
Vous souriez : je suis pareil à l'astrologue
De ce bon Lafontaine; or, mon cas analogue
Est plus grave, car si je cause vos ennuis,
J'aimerais mieux encor tomber au fond d'un puits.
Il n'importe : devant le savoir tout s'efface,
Et ces dix vers, dont un volé, sont ma préface.

Quelque vaste que soit l'imagination,
Dans un stérile effort s'use son action,
Pour entrevoir un coin de la grandeur du monde.
D'innombrables soleils la poussière féconde,

Insoluble problème à notre orgueil fourni,
Dans l'espace sans fin se perd dans l'infini;
Il ne faut pas tenter de sonder ce mystère,
Esquissons simplement ce qu'en notre hémisphère
Nous pouvons regarder, et sans les instruments
Qui grandissent toujours l'aire des firmaments :

Le *Zodiaque* fut connu du monde antique,
Où le cours des saisons par son aide s'explique.
Le *Bélier,* le *Taureau,* les *Gémeaux,* dès longtemps
Furent pour nos aïeux les signes du printemps.
Le *Cancer,* le *Lion,* formaient avec la *Vierge*
L'été, morte-saison, au dire du concierge;
Les jours, pendant six mois, n'ont cessé de grandir,
Et le soleil a pu durer et resplendir.
Les *Balances* sans poids, le *Scorpion* stellaire
Nous amenaient l'automne avec le *Sagittaire;*
Le *Capricorne,* enfin, le *Verseau,* les *Poissons,*
Nous signalaient l'hiver, le repos des moissons.

L'importante *Polaire* est dans la *Petite Ourse,*
La dernière à sa queue; autour d'elle, en sa course,
Le monde sidéral, pour nos yeux, tournera,
Et c'est toujours le Nord qu'elle nous montrera.
Lorsque la nuit viendra sans nuages, sans voiles,
A l'Est nous pourrons voir se lever des étoiles,

Les planètes, la lune, et ce roi le Soleil,
Effaçant tout devant son éclat sans pareil ;
Sans lui nous les verrions, dans la courbe écliptique,
Continuer sans fin leur cours périodique,
Les amas sidéraux, fuyant à l'horizon,
Reparaître pendant le jour, à leur saison.
Autour du souverain gravitent les planètes :
Ces mondes qu'il forma, qu'il réchauffe, éblouit,
Comme la Terre sont de modestes boulettes.
Leur lumière empruntée est visible la nuit :
Admirez, c'est *Vénus;* seule elle est scintillante,
Aussi l'appelait-on l'*Étoile du berger*.

Vous devinerez *Mars* à sa lueur sanglante,
Et verrez *Jupiter,* le plus beau passager ;
Saturne, son anneau, ses nombreux satellites ;
Neptune, découvert grâce au savoir français ;
Mercure, Uranus, tous astres cosmopolites ;
Ces voyageurs du ciel ne se fixent jamais,
Parcourent dans l'éther leur personnelle orbite,
Les uns plus lentement que nous, d'autres plus vite,
Chez quelques-uns l'année a pour le moins cent ans,
Chaque planète doit avoir ses habitants.

Arcturus du *Bouvier* se voit, quand on prolonge
Du *Chariot* la queue, en courbe qui s'allonge.

12

Sur le *Fleuve de lait,* à sa division,
Du *Cygne* on trouvera la constellation.

    Légère et gracieuse esquisse
    La *Chevelure de Bérénice*
    Pâlit à côté d'*Arcturus*
    Et du beau voisin *Régulus.*

Observez, construisez, par la seule pensée,
Une image analogue aux *Chariots* grandis,
Dans un groupe fictif, vous verrez réunis
Le carré de *Pégase, Andromède* et *Persée.*

La prosodie est sotte : elle obligea Musset
A dire au lieu de *voie* une goutte de lait ;
Le poète aussitôt l'embellit, la colore,
C'est un ruisseau de feux aux diamants pareils ;
Mais combien la science est plus puissante encore :
Elle prouve que c'est un semis de soleils,
Un insondable amas de foyers, de lumières,
Éclairant, échauffant des milliards de terres.
Des globes enflammés inouïs de grandeur,
La plupart effaçant le soleil en splendeur,
Se touchant pour notre œil, de justesse incapable,
Mais de fait espacés dans l'incommensurable.
L'incroyable réel trop loin m'entraînerait,
Revenons sagement à la goutte de lait.

Voulez-vous voir du ciel l'étoile la plus belle?
C'est *Sirius,* l'hiver, quand la voûte étincelle!

La *Grande Ourse* est connue et du tiers et du quart,
Et tourne autour du Nord, sans faire un grand écart.
A l'opposé l'on voit toujours *Cassiopée,*
Ayant, à la toucher, la modeste *Céphée.*

Castor avec *Pollux,* en lumière jumeaux,
Deux célèbres amis, s'aiment dans les *Gémeaux.*

Le *Dragon,* le *Serpent* emmêleraient leurs têtes
Sans *Hercule,* qui vient séparer les deux bêtes;
Tout près est la *Couronne,* un bracelet charmant,
Dont la *Perle* a l'éclat du plus pur diamant.

L'été c'est au Zénith que vous verrez reluire
La superbe *Wéga,* princesse de la *Lyre.*

Vrai phare intermittent, quand *Algol* brillera,
Au Sud d'*Aldébaran,* la nuit on le verra.

L'*Aigle* avec *Altaïr,* formant la ligne droite,
Suit la route *lactée* et sur son bord miroite;
A côté, le *Dauphin,* d'une pâle lueur
Et d'égale clarté, fait rêver au bonheur.

Le *Taureau,* le *Bélier,* que frisent les *Hyades,*
Entre eux deux ont aussi le groupe des *Pléiades.*

Brillant quadrilatère aux superbes lueurs,
Orion, dont *Rigel* est première en splendeurs,
Enferme, reluisant d'une lumière égale,
Trois étoiles traçant une diagonale;
Si vous la prolongez, vous verrez sans effort
L'*œil* du *Taureau* flamber, et *Sirius* plus fort.
Que d'animaux je puis nommer outre la *Chèvre :*
Le *Petit Chien,* le *Grand,* la *Baleine,* le *Lièvre...*

Mais savoir se borner est un devoir d'auteur :
Je m'arrête, craignant de t'assommer, lecteur.

A Madame L. M. L...

MALGRÉ l'âge qui nous sépare
(Je pourrais être votre aïeul),
J'ai pour vous une amitié rare,
Un attachement d'épagneul.

Affection profonde, née
Près du berceau de votre enfant,
Lors de cette lutte acharnée
Dont mon art sortit triomphant.

Fort de mon droit hippocratique,
Je vous grondais de temps en temps;
Combien ce monde est illogique :
L'Hiver sermonne le Printemps.

Si vous n'avez pas la science,
Le temps, hélas! l'apportera.
Avec la lente expérience,
L'esprit trop prompt se calmera.

Or, avant tout, je suis sincère,
Voici sur vous mon sentiment :
D'abord, j'ai pu voir de la mère
L'ardent et complet dévoûment.

J'ajouterai sans flatterie,
En vous adressant tous mes vœux,
De Louise, en ce jour, Marie,
J'aime le teint et les cheveux.

J'aime encor plus ce doux sourire,
Vous l'avez transmis à Roger;
Votre fin regard, je l'admire :
Muet, il sait interroger.

Je vous trouve aimable et jolie,
J'ose le dire en termes clairs,
En blessant votre modestie...
Vous m'avez demandé des vers.

A Mademoiselle X...

Un jour vous m'avez demandé
Ce qu'est l'amour? Mademoiselle,
C'est un petit dieu démodé
Et qui ne bat plus que d'une aile.

Il est là sous vos pieds, gisant,
Muet, ou s'exprimant à peine.
On le croirait agonisant
Cet agneau qui n'a plus de laine.

Mais comme le monde il est vieux,
Roué malgré son apparence.
Un seul regard de vos beaux yeux
Lui rendrait vite l'espérance.

Dès lors il se redresserait,
Déployant son aile cassée
Et bientôt il voltigerait,
Fier d'occuper votre pensée.

Vous entendriez une voix
Comme la vôtre douce et belle
Et vous diriez : Je sais, je vois
Ce qu'est l'amour, Mademoiselle !

A Mademoiselle Élisabeth M...

QUI, À SON EXAMEN DU DEGRÉ SUPÉRIEUR,
A FORT BIEN RÉPONDU
À UNE QUESTION SUR LES APPAREILS DE CHAUFFAGE.

CELA m'étonne peu que vous soyez reçue,
Le feu, ses appareils n'ont pu vous effrayer;
Votre chaleur de cœur, d'esprit, m'était connue,
Et vous serez plus tard la femme du foyer.

BOUTS-RIMÉS

Daniel dans la fosse... aux dossiers.

LE chantage en haut lieu de ce blond TROUBADOUR
En France s'exerçait de la Meuse à l'ADOUR;
C'était comme aux pays où mûrit la BANANE,
Règne le revolver et s'étend la SAVANE;
Avec l'aplomb d'un clown, la barbe d'un RAPIN,
Voulant en huit ressorts transformer son SAPIN,
Il épousait Alice, opulente RENTIÈRE,
Vendait la croix! ce dont eût rougi sa PORTIÈRE.
L'or à des vaniteux extorqué fut RENDU.
Mais ce richard escroc, le verrons-nous PENDU?
Oui, nos juges français ont montré du COURAGE.
Le sens moral renaît au calme, après l'ORAGE.

A Monseigneur le duc d'Orléans.

Prince, réjouis-toi de l'arrêt qui te frappe!
Nos tristes gouvernants — sans cœur et sans raison —
Au lieu du régiment te donnent la prison.
Du trône qui t'attend, c'est la première étape!

A Émile Zola.

De tes œuvres, Zola, la lecture est malsaine,
Et tous les gens de goût ont blâmé tes excès,
Pourtant la *Bête humaine* a le plus grand succès;
A quoi cela tient-il? — A la bêtise humaine.

La Poste aux lettres.

LOURD et massif, ayant de hauteur quatre mètres,
Ce monument, vrai tombeau des secrets,
Avec peu d'ornements sévères et discrets,
Fait dire aux Bordelais : Ci-gît la poste aux lettres.

Les Ruines du Palais-Gallien.

DE la France c'est un des rares monuments,
Ce cirque de Gallien, vieux de quinze cents ans.
Nos édiles, sans art, voulant le reconstruire,
Ont fait pis que les Goths, qui n'ont pu le détruire !

La Fontaine de la Bourse.

Près de la Bourse, si tu passes,
Baisse les yeux modestement,
Car tu verrais sans vêtement
Les trois Grâces, beaucoup trop grasses.

Un Conseil.

Si vous voulez rester longtemps sur cette terre
Et garder le ressort d'un corps robuste et sain,
Prenez un pharmacien soigneux et sédentaire,
Un jeune chirurgien, mais un vieux médecin.

Un Conseil.

Sɪ vous voulez rester longtemps sur cette terre
Et garder le ressort d'un corps robuste et sain,
Prenez un pharmacien soigneux et sédentaire,
Un jeune chirurgien, mais un vieux médecin.

A Monsieur le Curé Gaussens

EN LUI ENVOYANT, À L'OCCASION DE SES NOCES D'OR,
UNE BIBLE DE SACY,
ÉDITION DE MDCCXXIV AVEC RELIURE ANCIENNE.

Au vénéré pasteur, en offrant ce saint livre,
Comme docteur, je signe une ordonnance à suivre :
Un quart de siècle il doit le lire assidûment,
Jusqu'au grand jour de ses noces de diamant!

Piquante réponse du Pasteur au Docteur.

A la dite *ordonnance,* en recevant ce livre,
Le *pasteur vénéré* se soumet et veut vivre.
Mais les noces d'argent, d'or et de diamant,
Pour son ambition qu'est-ce? A peine un moment.
Avec le cher docteur qu'il invite à le suivre,
Ce pasteur veut au ciel vivre éternellement.

A Monsieur le Curé Gaussens

EN LUI ENVOYANT, À L'OCCASION DE SES NOCES D'OR,

UNE BIBLE DE SACY,

ÉDITION DE MDCCXXIV AVEC RELIURE ANCIENNE.

Au vénéré pasteur, en offrant ce saint livre,
Comme docteur, je signe une ordonnance à suivre :
Un quart de siècle il doit le lire assidûment,
Jusqu'au grand jour de ses noces de diamant!

Piquante réponse du Pasteur au Docteur.

A la dite *ordonnance,* en recevant ce livre,
Le *pasteur vénéré* se soumet et veut vivre.
Mais les noces d'argent, d'or et de diamant,
Pour son ambition qu'est-ce? A peine un moment.
Avec le cher docteur qu'il invite à le suivre,
Ce pasteur veut au ciel vivre éternellement.

A Monsieur le Curé Gaussens

EN LUI ENVOYANT, À L'OCCASION DE SES NOCES D'OR,
UNE BIBLE DE SACY,
ÉDITION DE MDCCXXIV AVEC RELIURE ANCIENNE.

Au vénéré pasteur, en offrant ce saint livre,
Comme docteur, je signe une ordonnance à suivre :
Un quart de siècle il doit le lire assidûment,
Jusqu'au grand jour de ses noces de diamant!

Piquante réponse du Pasteur au Docteur.

A la dite *ordonnance,* en recevant ce livre,
Le *pasteur vénéré* se soumet et veut vivre.
Mais les noces d'argent, d'or et de diamant,
Pour son ambition qu'est-ce? A peine un moment.
Avec le cher docteur qu'il invite à le suivre,
Ce pasteur veut au ciel vivre éternellement.

A Madame C. F...

Au pied de ces rochers curieux de Vallière,
Sourd un mince filet d'eau douce, pure, claire,
Que refoule deux fois par jour le flot amer;
L'intermittent geôlier montant avec la mer
L'enserre dans le roc; mais dès qu'il se retire
La source délivrée au soleil peut reluire,
Et verse aux altérés cette fraîche liqueur
Qui ne troubla jamais la cervelle ou le cœur.
Cette eau douce, pareille à la perle limpide,
Se perd dans la profonde amertume liquide,
Dans la presque insondable immensité des mers!...

Eh bien! permettez-moi de rêver dans ces vers
Au gentil ruisselet rappelant une vie
Comprimée, et pourtant de bonne humeur remplie,

Versant avec ses pleurs le généreux, le beau,
Pour se perdre, croit-on, ce soir dans le tombeau !
La disparition n'est que momentanée,
Pensé-je en écoutant cette âme emprisonnée ;
Le flot grondant du soir en vain l'enfermera,
La source de l'esprit dès demain coulera.

Un Mariage.

A vos désirs, B... j'ai promis de souscrire,
  Vous le voyez, je suis obéissant;
Quelle imprudence! en vers saurais-je assez bien dire
  Ce qu'en ce jour, mon cœur ému ressent?

Puis-je vous rappeler qu'un dimanche à l'église,
  Et ce tableau vous rendait tout rêveur,
Deux sœurs d'une sévère et gracieuse mise
  Les yeux baissés priaient avec ferveur?

Toutes les deux étaient grandes, dignes et belles,
  Les traits pareils, le même aspect charmant
Vous forçaient d'admirer ensemble les jumelles,
  Quand l'une fit un léger mouvement

Et puis, en souriant, parla bas à son frère;
  C'était Suzanne... alors, dès ce moment,

Comment du cœur humain expliquer le mystère?
  Vous étiez pris, enchaîné sûrement.

De ce goût délicat autant qu'irrésistible,
  Il ne faut pas être trop orgueilleux :
Mal choisir dans ce cas, mais c'était impossible,
  Car, Jeanne aussi, c'eût été pour le mieux !

Vous trouviez assemblés dans la même famille
  Et l'union et la simplicité,
La taille et le cœur haut ainsi que vous, Camille,
  Et la puissante honorabilité !

Albert, que l'on a vu dès son adolescence,
  Chef sérieux d'une vieille maison,
Dont voici la devise : *Honneur et conscience;*
  Fût-il jamais un plus riche blason?

Et Blanche . . . .
    . . . .
    . . . .
    . . . .

Vous complétez, Madame, une rare famille,
  Vos belles-sœurs charment par leur beauté,
On vénère, en l'aimant, la mère de Camille,
  En elle tout respire la bonté.

Sur le beau-père, seul, s'exerce ma critique,
  Oui, je reproche au maire décoré,
Au lettré délicat, goûtant le sel attique,
  A T..., de vivre retiré.

Mars aux rouges bourgeons, en s'avançant colore
  Les jeunes fleurs de ce nouveau printemps,
Avec lui grandira la rose et douce aurore
  De vos amours mutuels et constants.

Un dernier mot : je suis en face d'une reine,
  La royauté, qu'ici nous aimons tous,
N'a rien de politique... A notre souveraine
  Vivat! un toast à nos charmants époux!

Post-Scriptum : Chers parents, un doux espoir se fonde
  Et si le ciel n'est pas sourd à nos vœux,
Nous attendrons longtemps encor la fin du monde,
  Car nous verrons de superbes neveux!

Un Baptême.

Nous fêtons le jour du baptême
D'un vivace et beau rejeton,
Tonton, tonton, tontaine, tonton!
Sera-t-il jamais fort en thème,
Et comment l'appellera-t-on?
    Tonton, tontaine, tonton!

Il sera beau, brave et docile,
Savant, aimable et de bon ton,
Tonton, tonton, tontaine, tonton!
On pourrait le nommer... Achille,
Laurent, Justin, ou bien Gaston,
    Tonton, tontaine, tonton!

Tout plaît de son joli visage :
Les yeux, le nez, bouche et menton,
Tonton, tonton, tontaine, tonton!

Il acquerra force et courage,
Sans l'élever dans du coton.
   Tonton, tontaine, tonton !

Il est grand : j'entends la trompette,
Et les éclats du mousqueton,
Tonton, tonton, tontaine, tonton !
Son triomphe au loin se répète :
Maréchal..., il a le bâton,
   Tonton, tontaine, tonton !

Son parrain rêve d'autre chose,
De vapeur, de rail, de piston,
Tonton, tonton, tontaine, tonton !
Il veut, et c'est plus grandiose,
De son filleul faire un Newton,
   Tonton, tontaine, tonton !

Ce parrain, né dans l'industrie,
Fils du pays de Washington,
Tonton, tonton, tontaine, tonton !
A déjà dans notre patrie,
Vulgarisé Watt et Fulton,
   Tonton, tontaine, tonton !

Filleul, un danger te menace :
Prends garde aux dames Benoîton,

Tonton, tonton, tontaine, tonton!
Et que le ciel te fasse grâce
De jamais aimer le carton,
    Tonton, tontaine, tonton!

L'âge viendra qui nous tempère,
Relis alors souvent Platon,
Tonton, tonton, tontaine, tonton!
Pour être digne de ton père,
Tu dois ressembler à Caton,
    Tonton, tontaine, tonton!

En me taisant sur ta marraine,
A ce banquet, que dirait-on?
Tonton, tonton, tontaine, tonton!
On lui doit, comme souveraine,
Des toasts par feux de peloton!
    Tonton, tontaine, tonton!

En chantant le fils et la mère,
La verte tige et le bouton,
Tonton, tonton, tontaine, tonton!
J'ai bravé la critique amère
Sous le bonnet de Nélaton.
    Tonton, tontaine, tonton!

Une Noce d'argent.

T ROP souvent dans le mariage,
C'est l'intérêt, lui seul, qui dirige le choix,
     Et l'on trouve plus d'un ménage
Bien différent, hélas! de ceux qu'ici je vois.

     Mais quand deux cœurs jeunes s'unissent,
Recherchant les vertus, l'estime dans l'amour,
     Ils marchent d'accord et remplissent
Leurs devoirs, allégés jusques au dernier jour.

     Le temps fuit : c'était hier il me semble,
Malgré vingt-cinq ans, depuis lors écoulés,
     Qu'à l'autel je vous vis ensemble
Échanger vos anneaux, sous vos regards voilés!

Suzanne avait seize ans à peine,
Alzire vingt-trois ans, mais déjà la raison,
Par eux admise en souveraine,
Venait pour habiter la nouvelle maison.

D'ailleurs, c'était habile et sage,
Se marier sitôt, n'était-ce pas urgent,
Pour voir un gracieux ménage
Être jeune le jour de ses noces d'argent?

Il suit l'exemple du beau-père,
Le gendre : on le verra dans cinq lustres encor
Par un chemin long et prospère,
Fêter, son tour venu, ses belles noces d'or !

Pour moi, le vieil ami, je pense,
Et prédis que plus tard, côte à côte en s'aimant,
Les deux couples iront, comblant notre espérance,
Jusques à leurs noces de diamant !

LES

Volontaires de Longchamps en 1889.

Au Palais de Flore résonne
L'orchestre entraînant d'un grand bal;
La gaieté franche est saine et bonne
Et s'amuser n'est pas un mal.
Sociétaires de gymnastique
Et du noble tir de Longchamps,
En chœur, que s'élancent nos chants
Dans un hymne patriotique!

D'intrépides danseurs formons des bataillons!
Dansons! Vive la valse avec ses tourbillons!

Notre fête est d'autant plus belle
Que des malheureux la douleur,

Grâce à vous, sera moins cruelle,
La Charité porte bonheur.
Au profit des pauvres l'on donne
Ce septième bal annuel,
Que dans un accord fraternel
Sonnent l'argent et le trombonne!

Généreux donateurs, venez par bataillons,
Donnons, vous riches, l'or, et nous, des picaillons!

Par un bon vouloir énergique
On voit couronner ses efforts,
Le travail de la gymnastique
Nous a rendus souples et forts.
De notre tir que l'on renomme,
Nous saurons user dans le temps,
A cette École de Longchamps
L'enfant devient bien vite un homme.

Aujourd'hui les ébats, polkas et rigodons!
Valsons! Au stand, demain, dans le but nous mettrons.

Pour défendre la France aimée,
Mère de soldats valeureux,
Nous pourrons bientôt à l'armée
Offrir mille bras vigoureux.

Haut les cœurs, haute l'arme blanche!
Quand partiront nos escadrons,
A la frontière nous irons
Vaincre ou mourir pour la Revanche!

Aux armes préparés, à la peur disant non!
Allons, ce soir la fête, et plus tard le canon!!!

A MON AMI

LE VICOMTE DE PELLEPORT-BURÈTE

La Croix-Rouge en Gironde.

En vers, cher Président, c'est imprudent d'écrire
Ce qu'en prose si bien vous avez su nous dire;
J'obéis toutefois, mais vous fais sans façon
Le tour d'un écolier copiant sa leçon.
Je répète après vous : *Jamais, dans notre France,*
Ce noble champion appelé l'Espérance
Ne saura désarmer, et de la Charité
Le grand colloque ici sera seul écouté.
Chez nous plus de partis, notre foi les ignore;
Il n'est qu'un étendard : le drapeau tricolore;
Le présent, l'avenir, peuvent s'y rallier.
Oui, c'est pendant la paix qu'il nous faut travailler —

Comme on disait à Rome — à préparer la guerre :
L'acier brille au travail, se rouille à ne rien faire.
Pour réparer le mal, sachons nous souvenir ;
Les fautes du passé sauveront l'avenir.

Imitons les Croisés : après mainte victoire,
De soigner leurs blessés ils réclamaient la gloire.
Interne, j'ai connu ce parfait général,
Votre père, chargé de gérer l'hôpital.
Ayant longtemps servi dans les camps notre France,
Il voulut noblement soulager la souffrance,
Et, dans le dévoûment du chef hospitalier,
On retrouvait encor l'âme du vieux guerrier.

Dans les actes du fils je reconnais le père ;
Il eût dit comme vous: « J'aime, je crois, j'espère,
Renforçons dès ce jour d'utiles escadrons,
Le succès nous attend si nous le préparons. »
Notre Société française la Croix-Rouge
S'est mise en garde avant que l'ennemi ne bouge,
Tout sera prêt à temps : salubres logements,
Appareils et brancards, les meilleurs instruments ;
Une création de dames infirmières,
A cet art périlleux se vouant tout entières ;
Des prêtres-aumôniers, le rabbin, des pasteurs,
De l'espoir de là-haut les grands dispensateurs.

Nul de nous ne voudrait savoir les fils qu'il aime
Privés de leur secours, dans un danger suprême ;
Dans cet appui moral aux souffrants apporté,
Chacun d'eux gardera sa pleine liberté.
Quant à vos médecins, pourvus d'une ambulance,
Je ne puis dire, moi, tout le bien que j'en pense ;
Le passé garantit le futur dévoûment :
Ils feront leur devoir... et plus, j'en fais serment.
Quand nos mobilisés braveront la mitraille,
Vos vingt maisons seront notre champ de bataille !

Je ne suffirais pas, incomplet chroniqueur,
A rappeler ici tous les hommes de cœur
Dévoués à cette œuvre et depuis des années :
Un duc, le descendant de races couronnées,
Ressemblant trait pour trait au plus cher de nos rois,
A notre gratitude a conquis tous les droits ;
D'autres, par l'injustice auraient l'âme flétrie,
Lui prouve, en nous aidant, l'amour pour sa patrie.

Pas ne serait besoin non plus de le nommer,
Tant le bien qu'il a fait le doit faire estimer :
Mestrezat, Bordelais que la Suisse révère.

Enfin, pour mélanger l'agréable à l'austère,
J'étale les plus purs bijoux de nos écrins ;

Leur modestie en souffre aujourd'hui, je le crains,
Mais je connais mes droits, et devant vous j'en use,
Vous m'avez deviné : c'est Madame de Luze,
La veuve de Francis mourant au champ d'honneur.
Seule la charité lui fait croire au bonheur!

Puis Madame Gradis, d'une ancienne famille
De notre vieux Bordeaux; c'est la perle qui brille
De ce doux Orient si caressant aux yeux.

Caractère, esprit, cœur de célèbres aïeux,
Le nom de Brivazac-Lur-Saluces rayonne.
Saluons tous ici cette noble baronne;
Sur ce grand dévoûment on peut toujours compter.

J'en pourrais nommer tant, que je dois m'arrêter.
Neuf cents dames sont là pour aider à notre œuvre.
Si, se glissant, sifflant, semblable à la couleuvre,
La guerre apparaissait avec ses grands malheurs,
Nous saurons des blessés adoucir les douleurs.

En s'élançant vers Dieu, dès lors mon cœur s'épanche
Et s'écrie : « O Seigneur! donnez-nous la Revanche!
Qu'un vigoureux effort, enfin récompensé,
Désarme l'ennemi sur le Rhin repoussé! »
J'ai cet espoir... Parmi nos dames patronnesses

Je vois inscrits deux noms, rappelant les prouesses
Des héros de Crimée et de Solférino :
Les maréchales Niel et Leroy Saint-Arnaud.
Ce sont des talismans contemporains de gloire.
Pour oublier la guerre il faudra la victoire.

Oui, que je puisse avant ma mort voir nos enfants,
S'ils sont blessés, du moins revenir triomphants !
Que la France, par eux renaissant indomptée,
D'un souvenir fatal ne soit plus attristée.
L'humanité pour tous, c'est juré, je le sais,
Mais la croix rouge est teinte ici de sang français !

TABLE

CONTES

CONTES SCIENTIFIQUES

TABLE 173

SONNETS

VARIÉTÉS

Bordeaux. — Imp. G. GOUNOUILHOU, 11, rue Guiraude.

Bordeaux. — Imp. G. Gounouilhou, rue Guiraude, 11.

www.ingramcontent.com/pod-product-compliance
Lightning Source LLC
Chambersburg PA
CBHW070846030726

47504CB00005B/1230